푸른 달팽이의 달빛무대 & SOUL

서울 한가운데 바다

푸른 달팽이의 달빛무대 & SOUL
서울 한가운데 바다

펴낸날 | 2004년 4월 15일 초판 1쇄
　　　　2004년 5월 3일 초판 2쇄

지은이 | 이상은
그린이 | 백현진
펴낸이 | 이태권
펴낸곳 | 소담출판사
　　　　서울시 성북구 성북동 178-2 (우)136-020
　　　　전화 | 745-8566~7 팩스 | 747-3238
　　　　e-mail | sodam@dreamsodam.co.kr
　　　　등록번호 | 제2-42호(1979년 11월 14일)
　　　　홈페이지 | www.dreamsodam.co.kr
기획 편집 | 박지근 이장선 정지현 가정실 구경진 마현숙 김세희
미　술 | 이종훈 이성희
본부장 | 홍순형
영　업 | 박종천 장순찬 이도림
관　리 | 이영욱 안찬숙 장명자

ⓒ 이상은, 2004
ISBN 89-7381-795-7 03810

푸른 달팽이의 달빛무대 & SOUL

서울 한가운데 바다

소담
Sodam Publishers

연금술에서는 우리가 모두 천상계에서 물질계로 하강한 영혼들이며 35세 정도를 기점으로 물질계로 내려온 영혼은 다시 상승하여 천상계로 돌아간다는 이야기가 있습니다.
처음으로 땅에 착지한 저의 영혼은 요즘 세상이 사뭇 다르게 보이는 듯합니다.

그동안 미끄러운 추락을 해오던 순간들이 보이고 이제부터 상승할 하늘이 단순한 허공이 아니라 푸른 에테르로 가득찬 에너지 넘치는 색다른 물질로도 보이는 듯한 느낌은 그저 상상력의 장난일 뿐이겠지요.

하지만 90년대의 20대였던 저는 분명 하강을 계속하고 있었던 느낌을 지울 수가 없습니다. 세상에 적응하기도, 제 자신의 존재에 적응하기도 힘겨운 어딘가에 발이 닿지 않는 듯한 느낌도, 그리고 하늘만 바라보면 왠지 많은 말들을 하고 싶었던 것도, 모두 그런 이유에서였다고 지금은 생각하고 고개를 끄덕입니다.

여러분이 지금부터 읽어보실 초라한 글들은 그때 계속 지상으로 하강하고 있던 제가 남겨둔 제 영혼의 하강 기록 같은 것입니다. 아마 어떤 분에게는 공감을 어떤 분들에게는 실망을 드릴지도 모르는 위험하고 자신없는 일에 뛰어들어, 겁많은 제가 몇 년을 소담출판사의 여러분들을 기다리시게 했던가 미안하게 생각합니다. 또 여러분의 애정어린 응원과 인내에 깊이 고개 숙입니다.

그리고 존경하는 아티스트 백현진 님, 슈가랜드, 진행을 맡아준 김기정 님 모두 감사합니다.

20대의 제가 30대가 된 저에게 이런 이야기를 하고 있는 듯합니다. 그 단 한 번뿐인 지상으로의 여행을 마쳤으니 천상으로의 긴긴 여행이 시작되기 전 자신의 글들을 이곳에 묻어달라는, 그리고 이제부터의 상승은 그리 힘겹지 않을 거라는 그런 이야기를요.

그래서 여러분들이 이 시집을 읽게 되신 겁니다. 작품집을 낸다는 딱딱한 이유에서가 아니라 그 목소리들을 지상에 두고 다시 내가 왔던 길로 올라가기 위해. 그 목소리가 비록 여러분에게 잘 들리지 않고 그리 아름답지 않더라도 아무쪼록 넓은 마음으로 봐주시기를 부탁드립니다. 특히 지금 하늘과 땅 사이의 어딘가에서 생의 의미를 꿈꾸고 계실 20대의 영혼들에게 이 글들을 바칩니다.

2004년 3월 이상은 올림

노래하는 사람이면 다 노래하는 사람인 줄 알았지 그 안에서 자기 표현이 얼마나 중요한지,
자기 길을 찾아서 진실을 향해서 가는 것이 얼마나 중요한지 몰랐다.

노트 속에 소녀적인 마음을 처박아두고…….

서울 한가운데 바다 since 1995

서울 한가운데 바다가 생겼다.
인명 피해는 하나도 없이, 평화로운 한밤에 일은 벌어지고 말았다.
CNN은 카메라를 들이대고, 우리는 얼굴을 붉히며 즐거워한다.
사람들은 배를 타고 저 편으로 노를 저어간다.
아마, 사랑하는 이들의 안부가 궁금했겠지.

전세계가 서울을 보도했다.
이 어마어마한 천재지변에, 서울은 관광지로 변모하고
우리는 얼굴을 붉히며 슬퍼했다.
도쿄는 발톱도 아니게 되고, 뉴욕은 술을 마셨다.
암스테르담은 잠이 들었고
우리는 구경을 그만두게 되었다.
망가진 것이 있다는 사실을 알게 된 후부터.

서울 한가운데에 강이 있었을 때가, 꺼이꺼이 그리웁다고.
우리는 서울을 떠나고 있었다.

바다는 거기에 있다 since 1994

우리는 바다에 갔다.
밤 기차를 타고, 표파는 아저씨가 정해준 대로.

바람이 이끄는 대로, 당신을 따라왔다.

손짓 한 송이, 눈짓 한 마디가
따스한 고리로 우리를 둘러싸고 있었다.
입술이 새파래지도록 10월의 바다를 맞이하였다.
"춥지 않아?" "응, 춥지 않아."
그건, 정말로 춥지 않아서였다.

사람은 눈빛이 원래, 이렇게 아름다운 거였나……?

그 바닷가 아직도 거기에 있다.

바다를 비추며, 우리의 사진도 찍어주던, 나무로 된 검고 은칠을 한
유리창 위에.

삶의 가면 since 1994

삶의 가면을 쓰고, 우리는 웃는다.

가면을 제치면 커다란 르네 마그리트의 창을 닮은 하늘을 가로지르
고 있는 창틀이 보인다. 그 틀을 억새풀들을 헤치고 휘저어 지나가
는 뱃사공처럼 치우고 나면, 옥돌 반지빛 하늘이 둥글게 떠 있다. 우
리가 웃고 있는 곳은 얼굴이 아니라 마음의 동공. 빈 동공이 공명하
여 울리는 음악. 한 떨기 삼베옷 같은 몸자락.

태어난 것, 살아 있는 것.
시간, 삼라만상, 마야.

설마 무슨일이야 일어나겠소 since 1997

설마 하니, 무슨 일이야 일어나겠소.

999번 버스가 지나가는 모습을 우리는,
고양이가 눈길을 떼지 않고 쥐를 바라볼 때처럼
오른쪽에서 왼쪽으로 천천히 따라갔소.
한 아이는 2000년이 온다고 믿으세요? 라고 물었고
나는 네라고 대답했던 것이 생각이 난다오.
설마 하니
999번 버스가 인류의 종말론자들을 싣고
인사동 앞을 지나가고 있다 해도
아이들은 2000년이 오는 걸 두려워하고 있단 말이오.
그러니, 설마 하니 무슨 일인들 일어나겠소.

파도치는 시간에 떠밀려 여기까지 왔다 해도,
노를 두 쪽 다 잃어버리고 흐르는 대로 흘러 바다 한가운데에, 섬처
럼 부유하고 있다 해도,
음악이 투명한 현실로 내 주위를 뽀얗도록 압축했다 해도,
무슨 일인들 일어나기야 하겠소.

'버스 번호는 버스 회사가 만들어진 순서대로 번호를 나누어주는 걸까? 정릉 가는 1번 버스의 창업자는 지금 아주 제일 많이 나이를 드셨을까? 음, 4번 버스는 없지만 13번 버스는 있어.'
살아서 무엇을 본들, 무엇이 내 손을 거쳐 지나간들, 설마 하니, 무슨 일이야 일어나겠소.

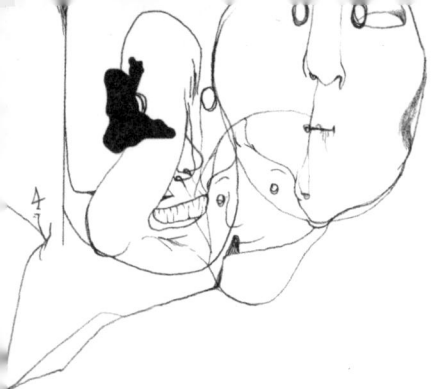

성 미구엘의 노래 since 1993

꽃나무가 자라고 있습니다.
과일나무면, 파란 열매나 따서 나누어줄 텐데, 하염없이 어여쁘기
만 한 꽃들만 무성.

성 미구엘이여, 어린 묘목이여, 정원사여.
서울 바닥 어디에도 없는 인디언이여.

곧 겨울이 오니 비닐 하우스에서 쉬소서.
얼음이라면 녹여서 마시거나, 물에 넣거나 하염없이 슬프기만 한
투명하고 여린.

곧 봄이 오니,
요염한 수정이 서양의 성처럼 삐쭉삐쭉 튀어나와 햇살이 노곤한 잔
디밭 위에 서 있을 수 있도록.

뜨거운 방밖의 크리스마스 날처럼
불지핀 방안에 선뜻 들어오소서.
젖은 외투를 벗어 말리소서.

성 미구엘이여, 전사여, 푸른 용을 무찌르고 돌아옵니다.
하염없이 잡히지 않는 그대.
이렇게 해도 달도 잘 보이지 않는 날에는 특히, 더.

바다 since 1993

바다에 온 것을 환영합니다.
어머니를 만나러 오신 것을
눈물을 말려 일기장 갈피에 꼽던 어린 시절도.
가슴이 까맣게 타서, 눈도 그렇게 까맣던 당신의 청년도.
훌훌
훨훨
바람에 날려봅시다.
일기장을 접어 비행기를 날려봅시다.
정말, 바다에 오신 것을 환영합니다.

강 since 1994

계속
흐르는 강에 몸을 맡기고
나도 강이 되었다.

지나가는 바람 다가선 풍경

그러나, 마음이 아픈걸.

마주 선 이에게 마음대로 하시라고
쳐다보는 사람이.

얼마나
마음 아픈 강인걸.

나는 눈을 뜨린다.

때가 왔다. 봄이 온다. since 1995

때가 왔다.
당신의 눈빛과 어깨에 들어간 힘.
담배를 피우는 손가락의 모양.
우리 주위를 흐르는 공기.

모두가 합창을 한다.
이제 때가 되었다고.

무슨 일이 생기려는 건가? 도대체.

말을 믿어야 할지.
이 공기를 믿어야 할지.

얼기설기 쓰러져 가던 내 마음의 버팀목.

당신이 녹아내리고 봄이
온다.

사람, 구름 since 1995

사람을 만날수록 사람이 뭔지 모르겠다.
나도
내가 뭔지.
하늘은 늘 하늘하늘 눈썹을 깜박이는데.

내 앞에 있는 사람, 사람 앞에 있는 나.
무엇이 투명하던가?
마음은 굴뚝같이 생각을 태우고.

하늘엔
구경도 하지 않은 구름 한 점.

유유히
저 세상으로 간다.

사랑합니다. since 1996.1

딸기맛 구름 아래 오렌지맛 노을
바닐라맛으로 펼쳐진 하늘.

아, 나는 당신을 사랑합니다.
아, 나도 당신을 사랑합니다.

내 일생의 모든 겨울과 가을 당신의 사람이 되겠습니다.
내 일생의 모든 여름과 봄 당신의 사람이 되겠습니다.

겨울강이 나를 봄꽃이 나를
여름산이 어지럽게 비어진 가을

아, 나는 당신을 닮았습니다.
아, 나도 당신을 닮았습니다.

내 일생에 먹을 딸기맛에 당신의 입술을 느끼겠습니다.
내 일생에 먹을 오렌지맛에 당신의 손을 만지겠습니다.

겨울강 위에도 봄꽃 위에도
여름산, 빈 가을 위에도 바닐라를
바르겠습니다.

세계의 한 조각 since 1996

땅은 움직여 다른 해안을 찾고.
바다는 마음을 삭히며 울고, 새는 죽을 곳을 스스로 알아내고, 꽃은
한 마디를 하기 위해 피고, 소녀는 인형이 하던 일을 하고, 소년은
나무칼을 쇠로 바꾸고, 그대는 달로 가는 꿈을 꾸고, 나는 달을 떠나
는 꿈을 꾸고, 기쁨으로 시간을 껴안을 때도 슬픔으로 시간을 잃어
갈 때도 세계의 한 조각이다.

세계의 한 조각으로 산다.

제주도에서 since 1995

살아 있는 동안에는 중력을 느끼는 동안에는
가벼웁고 화려한
조개 껍질이나 무릎에 올려보자.

쉬흔 너머
홀로 제주도에 온 여인과
몇 마디 얘기를 나누자 모래파리가
다리에 들러붙었다.

해녀가
밀물이라 했으니 그렇겠지.

바람은
뉴우스같이 그 지역의 소식을
맡게 한다.

이곳은
아열대의
섬
이다.

가을 since 1993

태어나서
지금까지
몇 번을
죽어야 했던가.
아니면 죽임을 당했을까 혹은, 죽었을까.

몸이 사라질 때 나도 같이 사라지는 건 아냐.

살아 있을 때 내가 충분히 죽음에 젖어 있었다면.

죽음이 삶과 맞닿아 있는 적도.
그런 게 있다면
겨울이면
죽어 떨어져나가는 수백억의 가을 꽃들이
푸석푸석한 얼굴로
손을 내민다.

씨앗을 한웅큼 쥐고서.

무제 1 since 1993

모든 면에서 완전한 죽음이
바람을 닮아 있는 걸 아시는지.

비어진 곳이 아니면 칼질을 못하는.

육체는 구멍투성이.
그래서
시간은 바람을 도와 하루라도 쉬지 않고.
그러나
마음은 수정.
공간을 넘어.

빈 곳이 없는 우주.

바람을 닮은 죽음을 아시는지.

마음 하나
닮지 못 하는 칼 한자루를 들고

바다의 표면, 돌산의 귀퉁이를 구르고
또, 구르고.

무제 2 since 1994

목적의식을 갖고 사는 것
저녁먹을 때 잠깐 즐거운 것
불빛불빛 바래진다
모든 것과 연결되고 싶어.
선들이 구름이 연결되어 있듯.

빈틈 하나도 없이 바라보는 것 없이.

나아가고
별, 그것만 바라보는 것 없이.

아아무 목적도 없이 이해할 필요없이.

숨어서 since 1993

엄마 치마폭에 숨어서
천 틈으로 바라보던 것처럼.

수많은 별이 담긴 눈 앞에
서야
한다는,
사랑해주어야 한다는 것을
부끄럽게
보고 있습니다.

단지
바라보고 있습니다.

그대와
나와
다르다는 것에
눈이 휘둥그레져서.

숨어서
푸른 달이
눈썹을 붙입니다.

밤풍경 since 1994

삼사일째
옆 독서실
어딘가에서 (아마도 옥상)
노랫소리가 들린다.
밤 11시쯤, 대략.

나의 살던 고향은 첫째날.

휘파람으로
멜로디만 불다.
둘째날.

그리고
오늘은, 그의 노랫소리
저 아랫편에서 연인들의
말소리와 함께.

소리는 투명해서 겹쳐 들리는 것이 신기해.
꼭
색유리 같아.
라고
나는 말없이 답송을 부른다.

시간의 굴레 since 1992

귀를 닫고 눈을 가린 채

내가 어찌 이것들을 사랑할 수 있으리

동이 서에서 멀 듯 천공이 땅으로부터 이탈하듯.

이음매 없는 시간 영화필름마냥
돌고
뉴욕은 사람과 나무와 썩은 유리로 만든
조각

박물관 앞뜰에 누워 있구나.
내가 어찌 그것을 사랑하리
시간이 나를 놓아주지 않는 한.

음악 since 1992

음악은
납작해진 나를 부풀리는 것
수분 없이 촉촉한 힘이
편온한 집중이 나무 건반에 닿을 때
붙잡히지 않는 순결한 빛의 단면처럼
이리저리로
웃음을 떨구는 나무에 맞은 철사줄의
예쁜 사생아.

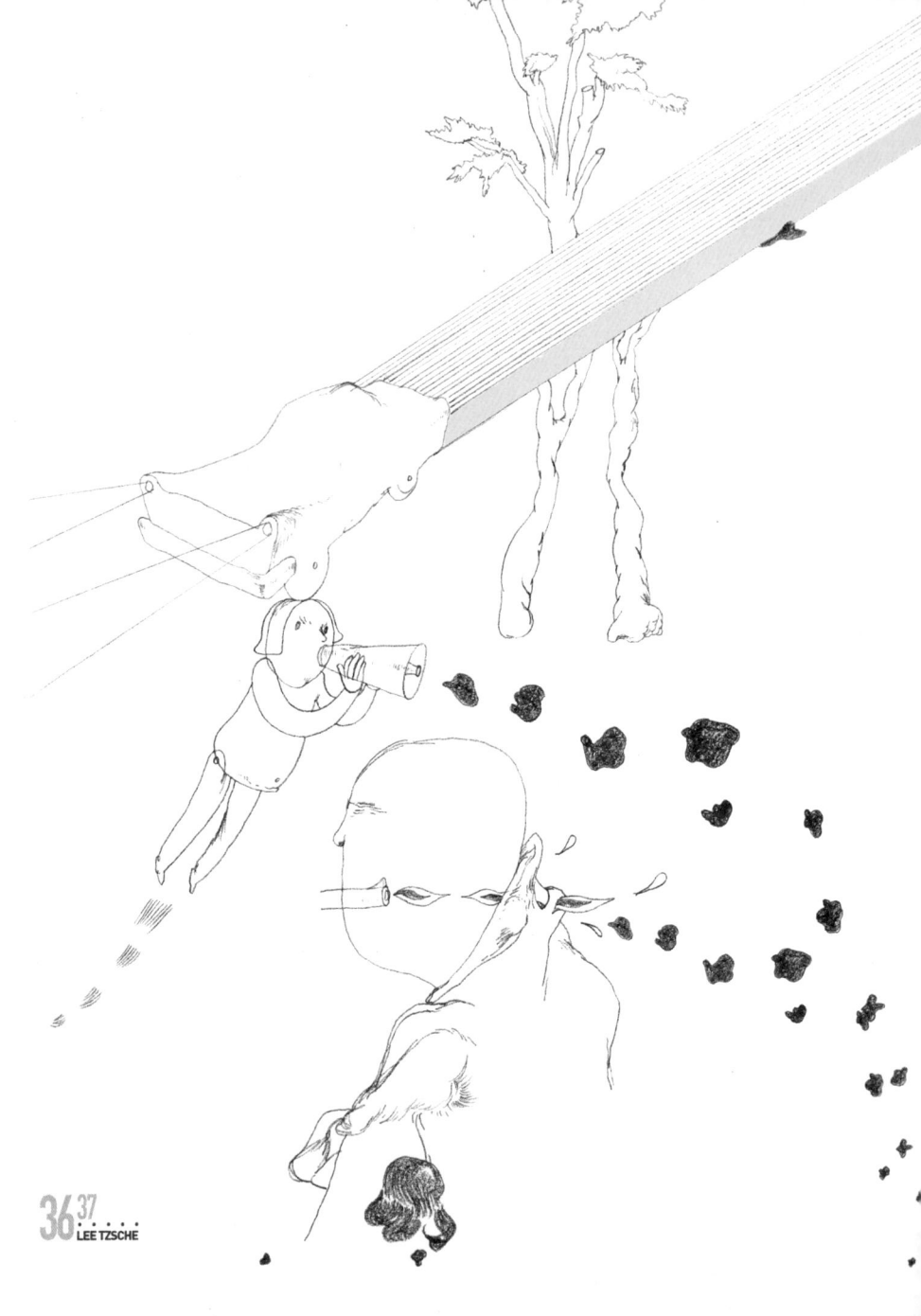

승화 since 1996

그래.
확성기로 떠들라고 해도 떠벌릴 수 있어.
고민하고 있다고.

가솔린은 인간을 위해 자동차를 움직이고,
인간은 전쟁을 위해 자동차를 수거한다.

승화된 한 권의 총은 승화되지 못한 한 인간의 입 속에서
차갑다.

왜
나는
환상을 키우고 살까.

두려운 건
나의
이슬 같은 호흡
"아름다워"라고 말하는 입술의 이제껏 눈치 채지 못했던
신성함.
종로 거리와 압구정동과, 저 멀리 아프가니스탄에서
살아 있는 사람들을
사랑해야 하는
삶.

고래의 눈 since 1997

고래의 눈을 본 사람은 다
자신이 누구인지를 안다.

컴컴하고 우스꽝스럽게 큰 가죽 가방 같은 몸집에 달린 창
너무나 어울리지 않게 쪼끄만 창.

한 번의 마주침
단 한 번의 꿈
고래의 눈을 본 사람은 알고 있다.
모든 것을 알고 있다.

여행자 since 1994

한 여행자가 있다.
참고 또 참고
일하고, 웃고, 문득문득 여행의 충동을 누르고 살다가.

도진 고질병이라고 그는 가방 하나만 들고 간다.
싯다르타가 뒷문으로 나가지 않았듯.

고인 물을 마시지 않으려고 매일 떠나던 연습을 마치고, 그곳에 사람이 있건, 없건.

달칵 가스불이 잠기며, 푸른 불빛이 사그라든다.

스스로 움직일 줄 아는 자가 아니면 돌처럼 이리 채이고 저리 채일 뿐.

운명 since 1993

사람들은
각자 다
나름대로
산다.
그것도
아주 잘.

우리는
공연히 남의 걱정하기를 좋아한다 영화관 안에서도.

우리는
우리가 떠나면 남는 이들을 걱정한다.

죽음이 두려운 건 그 때문이다.

손을 놓기 싫어서이다.

미역줄거리처럼 잡히지 않는 매미 소리
처럼

하늘로 하늘로 올라가는
것이
두려운 거다.

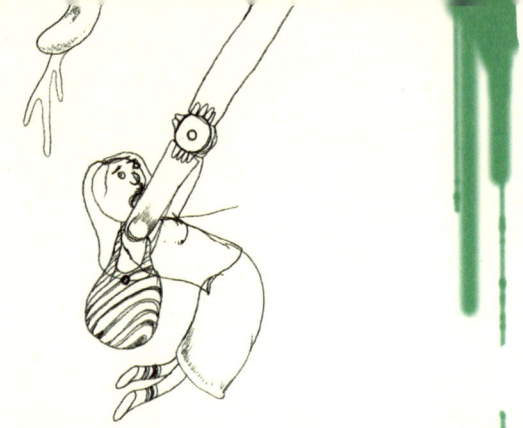

약속을 지키는 사람 since 1995

약속을 지키는 사람이 되고
싶다.

한 번 하는 말 한마디가 진주를 빚은 듯한
말, 그런 말로 이야기하고
서약을 하고
잔다르크의 칼이 빛나듯.

하늘하늘
나비가 날아가듯.

말하는 사람.

그 근엄한 긴장을
버틸 수 없어질 때.

약속을 지키는 사람이 되어야 한다.

인형 since 1997

마론 인형
변함없는 표정으로 비눗물을 튕겨내는
플라스틱 바디가 어린 마음에 얼마나 큰 저항감을 주었는가?

당신은
인형이 아니고 나도 주인이 아니오.

내 마음이 당신에게 흐르는 것을 샤워 물줄기 속에서
튀기어내는 몸뚱이.

내 몸은
플라스틱이 아니고,
내 마음은
물이 아니오.

왜, 꿈이 낮 12시의 현세와 오버랩되지 않는지.
꿈을 밀쳐내는 구겨진 하루.

그걸
어린 시절이라고 부르며 빛나는 날들이라고 소곤대며

우리 둘은 손잡기를 거부하고 있소.
피가 흐르는 나뭇가지를 온몸속에 감추고
살 밑에는 누구나 혈관이라는 이름의 나무를 키우고 있소.
그리고
꿈은 우리의 뿌리.

마음도 없이 웃고.

로미오와 줄리엣 since 1994

로미오는
어리석고 줄리엣은 無知했었다.
혹은
접시 위에 뜬 두 개의 달 같았다.

달 하나를 살짝 밀어내자
접시에 뜬 강물 모든 것을 가라앉힌다.

그 물을 마시기 위해 심호흡한다.

질투심을 씻어낸
물 한 방울이 묻는다.

조용히
욕을 하는 법을 아는 사람들만이 불운을 피해가는 법.

세계는 적혈구 같은 오목한 홈을 가지고
바이러스에 감염되었다.

깨어나올 무엇인가,
솟구칠
질식의 씬을 위하여
태양의 수레에서 태양의 아들이
헉.
떨어지는 찰나.
줄리엣은
무지할 수 없다.

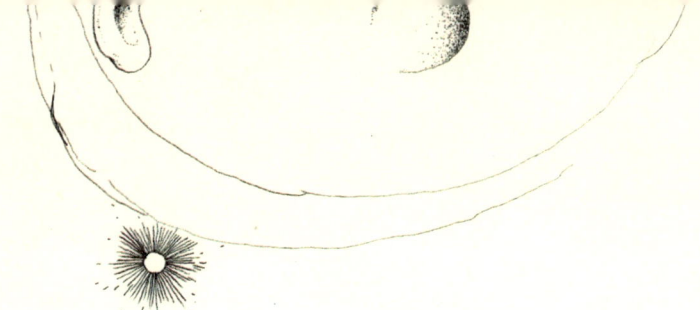

너와 나 since 1996

국가는 없다.
너와 내가 있을 뿐.
자명고를 찢는 모란공주에게는.

사람 나무 since 1996

엄청나게 혼자 서 있는 나무.
눈을 감고 혼자 웃고 있는 나무.
얼마나 빛이 모여야 밤이 사라집니까?
기다리는 수밖에는 없는가요, 이보시오.

말을 하고, 춤을 추고, 기다리고, 그냥 하늘에 뜬 검은
구멍만큼
기다려주고,

주위를 샛노랗게 물들이며 여기도 저기에도
혼자 서 있는 나무들, 뿐입니다.

바라락 바람이 오는 것을.

LEE TZSCHE

색소 since 1996

빈 것은 빈 것이다 마음이 그걸 채우려고
색소를 만든다.
보이는 멜라닌 보이지 않는 멜라닌.
부모의 귀를 깨물어 씹는 분홍 토끼의 마음.
애인의 손톱을 망치로 내려치는 파란 곰의 마음.

굴뚝은 빨간 벽돌이고 세계는 웃는 벽돌들
하얗고 희게 웃는 별들.

긁힌 꽃잎들이 폭우인냥 쏟아져도 빈 하늘은
빈 하늘.
놔두고, 보기만 하고, 만지지 말기.
아무 색소도 생산하지 말기.
27년된 공장장은 가동 스위치를 끈다.
스위치를 끄는 소리를 흡, 먹어버리고
시간이 먹은 모든 걸 빈 것에 붓는다.

붉은 에나멜.

겨울 since 1996

눈이 내리는 것 한 가지만 봐도
물, 얼음, 꽃잎 같은 결정 겨울 방학 탐구생활 종이를 넘기는 소리.
어린 시절이 좋았다고 엄마의 눈과 내 눈이 마주치는 게 좋았다고
누군가가 덮혀 놓은 이불 속이 좋았다고
하고 싶은 말들을 삼키며, 눈이 내리는 것

나를 용서해줘, 얼음 하늘아, 나를 용서해줘, 크리스마스 트리야.
겨울로 달리는 11월.
트리,
그 꼭대기에는 천녀.

첫사랑 since 1995

빗방울 한 잎
오후의 잠
그 사람 잊을 수 없다.

그와 함께 도시에 살면
창밖은 바다.

건물 사이로 달이 떠오르는 정경을
노래하고

새처럼 잠이 들고
아침이 가고
저녁이 오고
물결치는 사람의 파도
그 사람 잊을 수 없다
시간을 넘어 유년의 기억과 같이.

여름 since 1993

곧
비가 오면
서울을 견딜 수 있을 테다 좌회전을
해야 한다.

푸른 꽃무늬 원피스를
입은
여자가

20여년 된
아파트 난간에 서서
보고 있었다
그녀를
만나고 싶다
푸른 셔츠를 입은
경찰이

찬 바람이
빨라지는
도로에 서

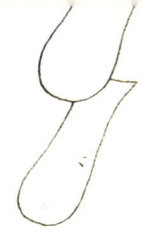

턱턱
떨어지는
물폭탄을
맞고 있다.

U턴을
해야
한다.

노래를
해야
한다.

하늘은
회색 스크린
많은
물을 영사한다.

거기에
여름이
질주해
그래
어지럽다.

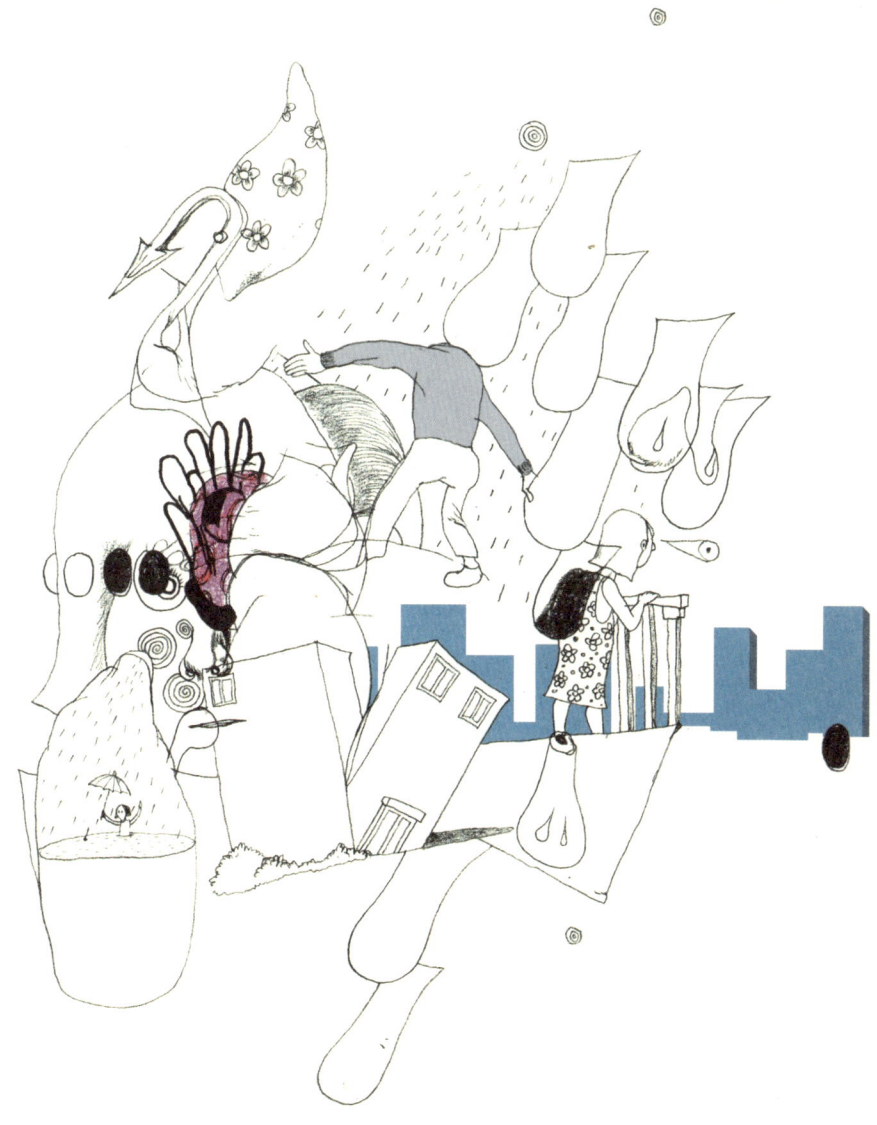

삶 since 1994

내가 있는 곳은 어디일까
공기는
나긋나긋하고 비주얼한
감각도
맛이 있다.

도로에 뛰어쳐나가 옛날처럼

수수년 만의 만족
마디마디를
저릿거린다.

바야흐로
모자 속엔
 '사는 것' 이 둥지를 트는데.

바다가 보이지 않는 방에서 <small>since 1994</small>

바다는 건물에 가리워져 있을 때도
보인다.

내 고통을 아는 이는 바다
뿐이다.

소리, 촉감, 냄새, 물감
이 섞인 것은,
나를 알고 나를 안아준다.

보이지 않을 때도 보이는 것은

강한
바다.

비가 오면 since 1994

'오늘은 비가 오겠지.' 감각은 수백 년된 열대나무처럼
죽었다 살았다 비가 오겠다는 감각은
사람에게 듣고, 이마에 부딪히는 찬 물방울을 느끼고
하기 전에 알아야 하는 건데
비가 오겠다고 말하는 건 하늘.
비가 온데요라고 말하는 건 바다.
비가 오는 거 좋아요라고 말하는 건 나무.

엉뚱한 곳에 정신이 팔려 비가 오는지, 꿈을 꾸는지.

자연은 나를 용서하기로 했단다.

내 감각은 죽었다 살았다 하는 게 지금 너무 분명해졌다.

三途川 since 1996

너와 나 사이에 물이 흐르고 있구나 은하수도 같고 피안의 강물도
같이
옛날 노랫소리 물줄기에 쓸려간다 너의 목소린지 내 목소린지도 모
르게

오호라 햇님아 붉은 발들을 헛디뎌 버려라 시려운 강으로 몸을 담
궈 물을 태우렴
오호라 바람아 치마를 흔들며 춤을 추어라 햇님이 태운 물먼지를
훨훨 날리렴

그러나 바람은 잠들고 해는 지네, 서산으로 하루가 흐르고 강 저편
에 어둑어둑 물소리에 잠기구나.

내가 나로 있느니 네가 없느니 강물로 뛰어들어 모두 잊겠네 내가
나로 있으니 네가 없느니 물고기가 되어서 바다로 가리 귀가 멍하
니 물이 흐르고 있구나 웃고 있는 건지 울고 있는 건지 모르게

오호라 햇님아 붉은 발들을 헛디뎌 버려라 시려운 강으로 몸을 담
궈 물을 태우렴
오호라 바람아 노래를 불러라 네님도 불러라 머나먼 땅에서 흙을
실어 강을 메우렴

초록풀이 자라는 대지야 생겨나라 꽃을 밟으며 뛰어들리
너와 내가 만나면 비도 참 달다.

내가 나로 있느니 네가 없느니 강물로 뛰어들어 모두 잊겠네
내가 나로 있느니 네가 없느니 물고기가 되어서 바다로 가리.

지하철 역에서 since 1995

책을 읽는
사람
사설을
읽는
사람

마주 앉아도
써억
다가가지지

안쿠나

사람은 서로 서서
기차를 탄다
신문지는
뭉텅이로 탄다.

연꽃 since 1995

그대는 시작하고 나는 끝났다
라고 생각할 때 뜬 달.

잃었다 생각해도 다시 돌아오고
돌아올 듯하면 다시 가는
달은 제 길을 간다.

옛날은 끝나고 새것은 시작한다
라고 생각할 때 핀 꽃.

지었다 생각해도 새로 피고
죽은 듯하면 다시 피는.

비가 오면 달팽이는 어디로 가는가 since 1996

천국을 위한 맹인
맹인이 잃은 것은 빛일까 감각일까 PASSWORD일까.

변호사 "그건 문제 회피 같군요." 목사 "영혼의 맹인이 아니기를."
의사 "신경정신과에 맞는 케이스입니다.",
비가 오면 달팽이는 어디로 가는가

세상은 다행히 모순투성이였고 그래서 나는 자살을 피할 수 있었다
비가 오면 달팽이는 어디로 가는지
컴퓨터는 더 이상 사람을 필요로 하지 않는다
사람이 필요한 것은 잃음에 대한 포기
한포기 핀 들꽃 밑으로 가는가
눈 없이도
달팽이가 가는 곳은.

나비 since 1996

나를 사랑해주세요.
집착이라고 말해도 좋아요.
거짓말은 수억 년을 지나 언어의 허물을 벗고
나비처럼 가벼워요.
나비를 마취시키려하지 말아요.

그냥 나를 사랑해주세요.
운명의 비밀을 바늘로 누르는 순간
당신은 추방당하게 되어 있어요.
나를 잡을 수 있는 건 하나도 없어요.
나는 죽어가고 있는 도중 빛에 집착하는 태어나기 전부터의 나

내가 집착하는 당신 당신이 집착하는 당신
이 거리를 입맞춰주세요.
뇌와 사물과의 거리를 언어의 무한한 가벼움을.

시인의 죽음 since 1993

동경을
동경하는가

큰 도시는
다 똑같다.

뉴욕을?

휘파랑새같이 노래나 하다가

아무 비행기나 타고

시인으로
죽고 싶다.

정규 씨와 비둘기 since 1994

쌀에 소주를 타서 비둘기를 먹였다
어렸을 때 영화 취권 때문에 암놈이 잡히니까
수놈이 빙글빙글 하늘을 날고 있었다.

어머니는 나에게 잡은 암놈을 놓아주라 했다.

역시 인간은 둘이 살아야 한다고
생각한다.

비둘기는 많다.
소주와 쌀과
낚싯대
어머니의
말은
정말이다.

74 75
LEE TZSCHE

여름 since 1994

저녁도 했고 설거지도 끝났다.
TV를 켜둔 채 음악을 켠다 내 삶의 크기보다 작은 나는
늘 이리로 저리로 끌려다닌다.

사랑이 구해줄 것인가? 영화가 구해줄 것인가?
나는 작고 초라하다.
담배갑만한 은빛 새장을 옷걸이에 걸어둔다.

잊어버리고 말 거다.
그래도 기다릴 수 있는 힘이 있는지 그대.

장마는 곧 시작되는데.

스무 살 사랑의 구입 since 1993

생각나는 사람이 있다
추수감사절이 찬바람을 타고 온
AFKN만 봐도.

주서서 감사합니다.
감사합니다.

저에게
스무 살의 사랑을 주서서 모든 빌리는 것에
값을 치러야 하는 줄.

몰랐습니다.

삶을 빌려준 대신
죽음을 드려야 하는군요.

하늘에는
간판도 없는데 내게는
크레디트 카드도 없는데 한 번 더
빌리고 싶은 게 이리도 많은데.

너와나 since 1996

나는
네게 다다르려는 점
빛깔은 빨강
너는 다다르려는 날
자석인냥 밀치는 점
빛깔은 없다.

시들은 세상 때문이라고 말한 너는
거울처럼 나를 반사했을 뿐

예리하게 빛나는 순간.

어른이 되는 길 since 1995

봄은 여름으로 이어지고 가을이 온다.
흘러가는 것을 배우는 것이 어른이 되는 길

어느 바다의 석양이었던가
어느 도시의 억양이었던가

아주 오랜 여행에서 돌아와
산소를 마시기 위해 멈추어 서 있다.

아침은 정오를 내쉬고 곧 저녁이 온다.

어느 꽃의 일생이었던가
어느 구름의 속도였던가

아름다움 since 1996

아름다움은 슬픔과 더해지면 물이 된다.
맑은 물

교회 첨탑 위에 앉아
해 진 하늘에 남은 붉은 온기를 쪼이던
새는
어디론가 떠나고

거리의 모습은 점점 변해간다.

아름다움은 땅에 내려오면 바람이 된다
맑은 바람, 나는 웃는다.

변하지 않기 위해서 목숨을 버리는 건 옳지않아
옳지않아…….

아름다움은 인간을 만나면 운명이 된다
한나절의 기분 좋은 천공의 부유가 된다.
인간이 날 수 없다는 것이
한낱 거짓말이 된다.

마음이 하는 말 since 1999

하루 종일 혼자 마음이 하는 말을 듣고 있었다.
그는 떨고 웃고 울고 하며 나와 대화해주었다.
티브이를 보는 것같이 풍경도 보여주었다.
라디오를 듣는 것같이 노래도 들려주었다.

어린이 같기도 하고 노인 같기도 했다.
이 도시가 삭막하다고도 하고
누군가를 만나고 싶다고 했지만
정작 누군가가 나타나면 입을 다물었다.

이메일을 열면 같이 나지막이 읽어주고
남자친구 얘길하면서 걱정해주었다.

사실은 이 좁은 마을에서 떠나고 싶고
꿈을 잃은 나를 데리고 멀리 가고 싶다고 했다.

어른이 되면 홀로 있어야 한다고
나이가 들면 인간은 모두 고아라고

희망이란 건 사실 기분이라고
두려움은 사실 착각이라고

이 마을을 떠나지 않으면
너는 두 번 다시 진정으로 웃을 수 없을 거라고.

84 85
LEE TZSCHE

벽 since 1992

저 멀리로 날아간 작은 새 하나 가벼운 우울만 남아 있네
작은 구멍으로 세상을 보지만 보이는 건 사람들의 큰 벽들
오늘도 습관처럼 새는 떠났고 흔한 해질녘 너를 만나
작은 풀꽃 하나 벽 속에 넣어주고 작은 연못도 내 마음에 만들었지
다시는 울지 않으리 희망을 노래하긴 아직은 어린 우리들
하지만 울지 않으리 밤은 그 벽 안에다 남겨두고
하늘을 활짝 열어줘 너의 얼굴을 마주서 보고 싶어
자유를 푸른 새벽을 너의 눈빛을 바라보도록

이유도 모르고 시작도 모른 채 나는 이렇게 살아왔어
울고 있는 나는 가장 낯익은 얼굴 아무도 사랑할 수가 없었는데
다시는 울지 않으리 희망을 노래하긴 아직은 어린 우리들
하지만 울지 않으리 밤은 그 벽 안에다 남겨두고

길 since 1992

앞만 보고 달렸지
아무도 가로막지 않는
어디론가 이어진 길을 따라서.

외로우면
하늘과 스쳐가는 풍경을 보며
세상에 던져진 나를 잊었네.

무얼 위해 뛰어가는가 나에게 묻지 말아줘
길을 잃은 지 오래인걸.
무얼 향해 날아가는가 새들에게 묻지 않듯
아무도 아무말도.

내가 가는 이 길이
얼음 모래의 사막이나 달마저 뜨지 않는 황야일까.
외로우면
하늘과 스쳐가는 풍경을 보며
세상에 던져진 나를 잊었네.

보헤미안 since 1994

T-REX가 유태인 사이에 큰 성조기를 흔들고 있는
섬들과 섬 바다와 땅에도 찾지 못했네.
사막에는 물이 없고 바다에선 물뿐이지만
어디서든 신화처럼 해는 달을 만나지 않아.
나는 어디 있는지 너는 어디 있는지
물은 무엇이었는지 빛이 무엇이었는지.

흰 국화가 피어나 오르고 비는 화산 위에 내려
흰 연기와 흰 내음과 먼지뿐이네.
사막에는 비가 없고 바다에선 비가 오지만
어디서든 신화처럼 별은 길을 변하지 않아.
나는 어디 있는지 너는 어디 있는지
물이 무엇이었는지 빛이 무엇이었는지.

나보다 오래 전 나보다 더 슬프게
이 세상 어딘가를 헤매었던 사람들.

나는 어디 있는지 너는 어디 있는지
물이 무엇이었는지 빛이 무엇이었는지
내가 꿈을 꾸는지 꿈이 나를 찾는지
별은 누구였는지 길은 어디에 있는 건지

내 어머니는 별이 있다고 길이 있을 거라고
등을 밀어 바다로 바다로 가라고 했었다.

Spring since 1994

When the birds sing a song for free wind.
There' s the trees sing a song for the land.
I should answer them with my floating heart
' till blue sun goes down to red sea.

When the wind sing a song with free birds.
There' s the land sing a song with free trees.
I should answer them with my floating heart
' till green moon rise up above red mountain.

Father. Don' t get rid of, please and never,
lighting from the eyes of mine.
Mother. Don' t forget us, please and never,
like birds and trees in me.

When the birds sing a song for free wind.
There' s the trees sing a song for free land.
I should answer them with my floating heart
' till blue sun goes down to red sea.

If I' m growing older, please and hopely,
teaching to new-born myself,
You can sing with sound that can' t be write
on like winds and land have been.

When the wind sing a song with free birds.
There' s the land sing a song with free trees.
I should answer them with my floating heart
' till green moon rise up above red mountain.

Only dream can be my inner face, if God allows to be.
Only dream can be my inner face, if God allows to be.
Only dream can be my inner face, if God allows to be.
Only dream can be my inner face, if God allows to be.

무엇으로 다시 태어나든 since 1994

밤하늘 옷자락 땅 위를 스칠 때
어딘가 한사람 그 옷깃을 잡고서
사슴의 눈같이 깊은 저 하늘에
새하얀 별되어 나를 내려다보네.
부디 사랑했던 기억들은 무엇으로 다시 태어나든
잊혀지지 않게 해주소서 수수년이 흘러가도
오늘도 하나의 꽃이 지고 또다른 꽃들이 피어나고
세상의 강은 비가 되어서 꽃들을 깨우네.
오늘도 한사람 돌아오고 또다른 사람은 떠나가고
세상의 강은 비가 되어서 강으로……

동이 터오르는 사람의 마을에
어딘가 한사람 그 햇빛을 움켜쥐고
사슴의 눈처럼 깊은 하늘 밑에
이유도 모른 채 태어나 울고 있네.
부디 사랑했던 사람들은 무엇으로 다시 태어나든
잊혀지지 않게 해주소서 수수년이 흘러가도
오늘도 하나의 꽃이 지고 또다른 꽃들이 피어나고
세상의 강은 비가 되어서 꽃들을 깨우네.
오늘도 한사람 돌아오고 또다른 사람은 떠나가고
세상의 강은 비가 되어서 강으로……

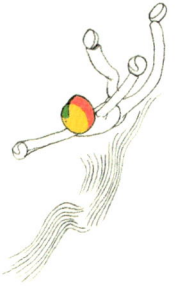

집 since 1995

아무도 없다
입을 다무는 대문 앞
누구의 아무 이름이나
생각나는 대로 부른다
늙은 우체부인양 그냥
편지가 있다
주소 없는 물음표
아무도 읽은 이 없고
아무도 쓴 적 없는 옛시겠지
바람이 열어볼래
나무야 읽어봐
한 자 한 자

용서의 청구서
정신과 영수증을 들고
퍼즐을 푸는 사람들은
물 한 컵 주지 않았다
하늘은 물을 퍼부었다
내가 나인 게 좋아
부끄럽지만
쉼없이 쉴 곳을 찾아

먼길에 먼지를 쓴 사람이
모두가 되돌아오겠지
달콤한 꿈을 꾸고나서 일어나듯

엄마도 없다
아빠도 없다
아기도 없고
차도 개도 없다
사탕도 뉴스도
와인도 비디오도
거울도 시계도
너 자신, 나 자신도

사막 since 1995

태양이 몸을 흔들면
붉은 모래가 머리 위로 떨어지는 곳
저기 멀리에는
낮부터 취해오는 미친 도시
아무리 추운 밤에도
우리 노래를 불러요
부르지 못하고 떠난 메트로폴리스
둘이서 흰머리를 빗어주고
램프에 기름을 가득히 부으며
웃음답게 웃으리
나는 가요 나는 가요
달에 뒷편에 어느 바다에
숨겨진 심장 두 개를 찾아서
하나는 내가
또 하나는 당신 가슴에 넣어주리
아무리 추운밤에도
우리 노래를 불러요
부르지 못했던 비밀의 노래를
둘이서 주름진 손을 꼭잡고
두 잔에 술을 가득 부으며
웃음답게 웃으리

나는 가요
나는 가요
사막으로

새빨간 활 since 1995

눈 꼭 감고 바라보는 해
혼을 열고 일렁이는 불
생각없이 느껴지는 바람
입을 닫고 깨물은 달빛
다른 빛은 죽이지 못해
내 안에 있는 붉은 빛
겉모습은 노랗지만
나의 시적인 꿈은 너무 붉은 거야.
그대 안에 있는 그것도
아무도 이해하지 못할걸.
숨기자. 지금도. 어디를 가든
오목하면서 둥그렇게 붉은 활
반사작용인 줄 알고
들여다봐도 아직 거기에
그대는 새빨간 활
그대는 새빨간 활
우리 안에 있는 붉은 빛
늘 항상 따라다니고 있지.
아무도 모르겠지
나의 광적인 꿈들 안에 있으니까.

꿈 since 1996

옛날 아주 먼 옛날에 코요테가 살고 있었죠.
붉고 푸른 눈으로 황야를 향해
찢겨버린 가슴을 하늘을 향해 드러내고
죽음은 너무나 쉬워, 사라지지 않는다고 해도
눈 앞에 보이지 않으면 없는 것과 다름없지.
옛날 아주 먼 옛날에 하얀 꽃이 살고 있었죠.
잎사귀에 맺혀 있는 이슬을 보며
하늘이여, 바람이여, 하루를 내려준 신이여,
나는 연약합니다. 나를 지켜주세요
나는 사랑합니다. 당신을
그 황야엔 꽃들도 피어나 있었지.
비가 오면 살아 있는 숨들이 웃었었지.
가끔은 나도 꿈을 꿔
빗속에 코요테와 흰꽃
나는 누구일까, 둘 사이에
옛날 아주 먼 옛날 사람이 살고 있었죠.
붉은 굴뚝 연기 너머
미끄러지던 하얀 구름
달을 향해 노랠 부르던 아주 먼 옛날에,
밤과 낮 사이에…….

어기여 디어라 since 1995

네 눈은 검고도 맑구나
이마에 흐르는 땀방울도
네 등은 붉은 흙 같구나
씨앗을 뿌려볼까
해는 뜨고 지고 달도 뜨고 지고
흘러 흘러 어디로 가나
해는 뜨고 지고 달도 뜨고 지고
천구를 가로질러
어기여 디어라 어기여 디어라
바람도 멈추고
비도 거두어지니
어여 어여 노를 젓네

하늘의 별도 땅의 꽃도
가만히 제 길을 살아가듯
서로 다른 몸으로 나서
다른 숨을 쉴지라도
해는 뜨고 지고 달도 뜨고 지고
물길은 하늘에 닿고
해는 뜨고 지고 달도 뜨고 지고
마음은 서로에 닿고

어느새 강물이 웃고 있는 걸 보니
우리도 웃고 있겠구나
버리고 또 버리고 잊고 잊어버리리
바람도 불어오고
비도 다시 내리니
어여 어여 노를 젓네
바람도 멈추고
비도 거두어지니
어여 어여 노를 젓네
어기여 디어라 어기여 디어라

··· and a rising